Domítila

CUENTO DE LA CENICIENTA BASADO EN LA TRADICIÓN MEXICANA

ADAPTADO POR
JEWELL REINHART COBURN

ILUSTRADO POR
CONNIE McLENNAN

TRADUCIDO POR
CLARITA KOHEN-KLIEMAN

SHEN'S
BOOKS

AUBURN, CALIFORNIA

A mi hija Valerie y mi hijo James

~ J.R.C. ~

A mi madre, Marjorie Kendall y a la memoria de mi padre

~ C.M. ~

——————— Library of Congress Cataloging-in-Publication Data ———————

Coburn, Jewell Reinhart.
Domitila: a Cinderella tale from the Mexican tradition /
adapted by Jewell Reinhart Coburn ; illustrated by Connie McLennan.
p. cm.
summary: By following her mother's admonition to perform every task with care and love,
a poor young Mexican girl wins the devotion of the governor's son.
ISBN 1-885008-13-9 English   ISBN 1-885008-18-X Spanish
[1. Folklore--Mexico] I. McLennan, Connie, ill. II. Title.
PZ8.1.C6643 Do 2000   398.2'0972'--dc21   99-056173

Había una vez un campesino que vivía con su esposa en una hacienda árida y quemada por el Sol en Hidalgo, un estado de México. Tenían una sola hija. —Es más dulce que la flor de cacto en primavera —decía la gente del lugar. Se llamaba Domitila.

La familia trabajó afanosamente para construir su casita de adobe. Domitila aprendió de sus padres cómo elegir la tierra con la cantidad justa de arena y arcilla para hacer los ladrillos. Primero le echaron agua de la cisterna. Luego, le mezclaron la paja que trajeron del viejo establo de ovejas, para hacerlos más resistentes. Mientras ordenaban los cuadrados para que se cocieran al Sol, la mamá de Domitila le contaba viejas historias de la familia. Y siempre terminaba recordándole: —Acuérdate, hija mía lo que me decía mi madre y lo que su madre le decía a ella. Haz todas las tareas con cuidado y siempre échale una buena pizca de amor.

Apilaron los ladrillos en hileras, uno encima del otro, para construir las paredes de la casita. Con mucho cuidado dejaron espacios abiertos para las ventanas. Así podrían ver las majestuosas montañas de la Sierra Madre a la distancia.—Si tan sólo tuviera un poquito de lana nueva, te tejería un rebozo bien bonito mamá. Los flecos serían de color morado como nuestra Sierra y le bordaría una puesta de Sol con lana rosada y dorada —suspiraba Domitila.

Un día, mientras Domitila y sus padres hacían su talabartería, bellos huaraches y bolsas de cuero, el cielo se puso bien oscuro. Comenzó a llover furiosamente en las montañas. El agua bajó corriendo a través de los cañones y se desbordó por la planicie llevándose consigo el pequeño sembrado de maíz. La casita de adobe comenzó a desmoronarse.

Muy pronto, todo lo que quedaba en pie de la casita eran las dos paredes donde el techo no se había hundido. El piso estaba mojado. El aire estaba húmedo. La mamá de Domitila comenzó a temblar y a toser.

—Mamá —preguntó Domitila con voz suave—. ¿En qué te puedo ayudar?

Su mamá estaba muy enferma y no podía responder.

—No hay esperanza —suspiró el papá de Domitila mirando la casita—. Los ladrillos se desharán antes de que puedan secarse y el cielo se está llenando de nubes de agua. Domitila, si de verdad quieres ayudar, deberías ir a la Mansión del Gobernador. Escuché que pagan muy bien por ayudar en la cocina, para los banquetes. Con lo que ganes, podremos comprar comida hasta que vuelva a ser tiempo de sembrar el maíz. No te preocupes por tu mamá o por la casa. Yo me ocuparé.

Domitila estaba decidida a ayudar a su familia. Así que se cubrió con su viejo rebozo y se despidió de sus padres con un beso. Se puso en camino hacia la Mansión del Gobernador de Hidalgo, a través de la tormenta.

Cuando llegó a la magnífica casa, el jefe de los cocineros la puso a trabajar enseguida. Día tras día trabajaba en la cocina de la noble familia y día tras día soñaba con regresar a su casa para ayudar a la suya, que era tan pobre.

Un día el cocinero jefe llamó a Domitila y le dijo: —Muchacha, has demostrado ser una buena cocinera. Ahora deberás cocinar un platillo del agrado de la abuela y su nieto. Esta noche comerán solos.

Domitila se puso a trabajar enseguida. Preparó uno de los platillos favoritos de su familia y la criada llevó la bandeja al gran salón comedor.

—¿Qué es ésto? —preguntó Timoteo, el apuesto hijo mayor del Gobernador. Nunca en mi vida vi algo así —dijo frunciendo el ceño—. ¡Llama al cocinero!

Domitila llegó de la cocina. Se paró en el dintel de la puerta del comedor, asustada y con timidez.

—Habla de una vez —le dijo bruscamente el joven—. ¿Qué es ésto que pusiste en la bandeja?

—Son nopales, Señor —dijo bajando la cabeza con respeto—. Es una comida muy especial de mi gente .

—¿Nopales? ¿A los nopales le llamas tú una comida muy especial? ¡No son más que mala hierba del desierto, llenas de polvo y espinas! —exclamó el joven.

Las palabras rudas de Timoteo despertaron a la vieja abuela quien se había quedado dormida esperando que sirvieran la cena.

—Nieto mío, sé un poco más educado —le reprobó—. Somos una familia noble. No debemos menospreciar la comida del pueblo. Sé respetuoso con la muchacha y prueba aunque sea un poquito de lo que preparó.

—Perdón, abuela —respondió Timoteo. Puso cara compungida y cogió el trozo más pequeño de nopales con el tenedor. Tratando de disimular su asco, miró hacia un lado, frunció la cara y forzó el cacto dentro de la boca.

NO SE PUEDE OCULTAR UNA LABOR BIEN HECHA.

   Pero apenas lo probó, se desvaneció su enojo. —Bueno, esto es delicioso.
Tomó otro bocado y exclamó: —Esta mala hierba se convirtió en un manjar.
¿Cuál es tu secreto?

   —No es ningún secreto, Señor. Los cocino tal como me enseñó mi madre.
Luego, con la cabeza gacha, se deslizó por el dintel de la puerta y se dirigió a
su tarea.

   Timoteo notó su retirada. Devoró los deliciosos nopales de la bandeja.
Mientras se frotaba el estómago se decía maravillado: —Nunca me he sentido
tan bien. Tengo que averiguar qué le pone a este platillo.

A TASK WELL DONE CANNOT BE HIDDEN.

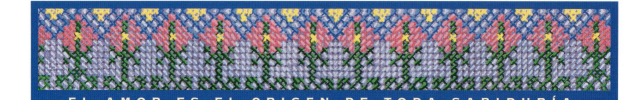

Esa misma noche, mientras Domitila dormía, un sirviente la despertó con el siguiente mensaje: —Tu madre está muy enferma. Debes regresar a tu casa inmediatamente.

Domitila recogió algunas cosas dentro de su rebozo, le contó su problema a otra cocinera y enseguida se puso en camino, antes de la salida del Sol.

Cuando iba llegando a la casa, el corazón de Domitila casi paró de latir. Vio a su papá muy triste apoyado contra la puerta. —Papá, ¿cómo está mamá? —preguntó temerosa.

—Domitila —contestó su padre con pesar—. Mamá... mamá se ha muerto.

—¡Ay, papá, si hubiera podido llegar antes! —lloró Domitila mientras corría hacia el lugar donde había visto a su madre por última vez. Se arrodilló en el piso, al lado de la cama vacía, cogiéndose la cabeza.

Domitila sintió una cálida presencia en medio de su dolor. Miró hacia arriba, y parpadeó una y otra vez. Allí mismo, delante de ella, apareció el espíritu de su madre.

Domitila escuchó transfigurada, lo que le decía el espíritu: —Siempre estaré contigo, mi niña, y acuérdate lo que me decía mi madre y lo que su madre le decía a ella. Haz todas las tareas con cuidado y siempre échale una buena pizca de amor.

La tierna sonrisa de su madre se quedó con ella por un rato. Luego su espíritu se fue borrando. Domitila supo que nunca olvidaría las palabras de su madre.

A la mañana siguiente, Timoteo regresó al salón comedor de la Mansión del Gobernador. Esperaba un desayuno tan maravilloso como la cena de los nopales de la noche anterior. Cogió muy ansiosamente un bocado del plato que le habían servido. Carraspeó con fuerza.

—¿Qué truco es éste? —gimió. Llamen a la cocinera —gritó a la criada. La tercera cocinera apareció en la puerta.

Timoteo alivió su garganta con tragos de té para poder hablar: —¿Eras tú con quien hablé ayer? La miró detenidamente, sin saber con seguridad cuál de las cocineras de la familia había estado parada en el dintel de la puerta la noche anterior.

—No, Señor, fue la segunda cocinera con quien habló ayer. La llamaron por la noche porque su madre se puso muy enferma. Y para distraer la atención de Timoteo de su pésima comida, la tercera cocinera le dijo tímidamente: —La segunda cocinera salió tan apurada que no se dio cuenta que se le cayó esto. Y sacó de su bolsillo una tirilla de cuero que se había desprendido del huarache de Domitila.

Timoteo observó detenidamente el pedacito de cuero. Su superficie estaba finamente labrada y el diseño mostraba un manojo de bellísimos trazos. —¿Será ésta también la labor de esta muchacha? —murmuró.

—Ella nos dijo que su madre y la madre de su madre le enseñaron muchas labores —vaciló la tercera cocinera—. También dijo algo acerca de agregar algo muy especial a lo que estuviera haciendo, pero no me acuerdo lo que era, Señor.

Timoteo estaba desconcertado. Sentía que sus pensamientos rodaban como las nubes de la Sierra Madre. —¿Sabes dónde vive la muchacha? —le preguntó a la tercera cocinera. Timoteo tenía que enterarse.

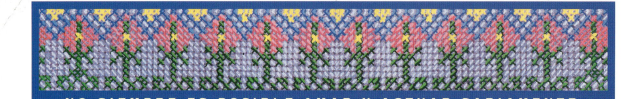

—No sé Señor. Todo lo que dijo fue algo de un rancho en algún lugar de Hidalgo, muy lejos de aquí.

—A excepción de las montañas, casi todo Hidalgo es tierra de hacendados, dijo el arrogante joven, encogiendo los hombros.

—Es todo lo que sé, Señor —dijo la tercera cocinera mientras caminaba hacia atrás haciendo reverencia y salía corriendo para la cocina.

Timoteo acarició con sus dedos la exquisita pieza de cuero labrado. Se acarició el estómago vacío. —*Si pudiera encontrar a la muchacha, seguro que me enteraría de su secreto* —pensó.

—Ensilla mi caballo —ordenó a uno de los peones del establo.

Cuando la abuela de Timoteo se enteró de su apresurada decisión, se quitó el rebozo de seda de sus hombros. —Este mantón ha estado en nuestra familia por generaciones —le dijo a Timoteo mientras se lo daba—. Si tienes que irte, llévatelo, y quiero que sepas que mi amor irá contigo.

Timoteo metió el rebozo de su abuela debajo de su sarape y se encaminó hacia las praderas de Hidalgo. A lo largo del camino el voluntarioso muchacho preguntó a todo el mundo si habían visto a una muchacha que podía convertir las malezas del desierto en manjares de reyes, y trozos de cuero en piezas de arte. Todos habían oído de la joven y le contaban más historias acerca de su talento, pero nadie supo decirle dónde la podría encontrar.

Timoteo dirigió su caballo a través del desierto rumbo al Oeste, pero Domitila se había ido a su casa que quedaba hacia el Este. Al tiempo, la búsqueda de Timoteo corrió de boca en boca por todos los pueblos del vasto estado de Hidalgo.

Durante su travesía Timoteo se topó con la viuda Malvina al frente de su choza. —Buenos días, Señora—la llamó Timoteo—. ¿Conoce usted a la muchacha talentosa? ¿A la que puede hacer manjares con las malezas del desierto?

—Ajá —se dijo Malvina—. Así que éste es el joven rico que anda buscando a Domitila. ¿Quién en estos lugares no sabe de Domitila? Sé que su madre se murió, que en paz descanse. Si este plan me sale bien, podré hacer que este muchacho se interese por mi hija en vez de Domitila.

—Ahora que me lo pregunta, yo sé dónde vive la muchacha —le dijo
Malvina a Timoteo. Y la mujer guió a Timoteo en la dirección
equivocada. —*Ajá* —se dijo Malvina—. *Ésto lo mantendrá viajando en
círculos por bastante tiempo mientras pongo en marcha mi plan. Así
sabrá este muchacho quién es la verdadera cocinera.*

—Gracias, Señora —dijo Timoteo. Pero en cuanto se alejó siguiendo la ruta que le indicó la viuda, Malvina corrió en busca de su hija Pereza, quien se hallaba recostada bajo la sombra de un arbusto seco.

—¡Despierta, perezosa! ¡Vamos a ser ricas! —gritó Malvina. La astuta viuda cogió a Pereza del oído y se encaminó hacia un pueblo cercano. —Haz exactamente lo que te digo —le ordenó.

Muy pronto la malvada Malvina arrastró a Pereza de casa en casa por el pequeño pueblo. Mientras Pereza mendigaba y lloraba por comida a la entrada de cada casa, Malvina se deslizaba por la parte de atrás para robarse cosas de las cocinas de los buenos pobladores.

De regreso a su choza, Malvina preparó el fuego y ordenó a Pereza que cocinara. Se pasaron cocinando toda la noche y muy entrado el día siguiente. —Por fin —dijo la presumida de Malvina—. ¡Estamos listas! Y se pusieron en camino balanceando los guijarros sobre sus cabezas y llevando canastas en cada brazo. Apilaron las tortillas, las enchiladas, los tamales y los chiles rellenos que habían hecho con la comida que robaron, dentro de un sarape harapiento. Caminaron a través de los campos rumbo al rancho del padre de Domitila.

EL AMOR ES COMO EL OJO DE LA AGUJA, SIN ÉL NO HAY NI COSTURA NI REMIENDO.

Cuando Malvina y Pereza llegaron a la casa del viudo se dieron cuenta que no había nadie. Fisgonearon en las alacenas para ver si había comida en la casa. —No hay ni una sobra de comida en este lugar —anunció Malvina. Y se dispuso a acomodar todo lo que habían traído.

Cuando Domitila y su padre regresaron de visitar la tumba de su mamá, se quedaron muy asombrados. Había toda clase de comida apilada sobre la mesa y hasta sobre las sillas. La astuta Malvina y su hija les miraban fingiendo compasión. Domitila y su padre, con mucha congoja en el corazón, comieron respetuosamente la comida miserable y sin gusto que habían cocinado con las cosas robadas.

En poco tiempo la treta de Malvina comenzó a dar un resultado mucho mejor que el que había esperado. Como el padre de Domitila extrañaba tanto tener a alguien que cuidara de ellos, se casó con Malvina. Y es así como con gran pesar, Domitila tuvo que empezar a servir a su madrastra y a su hermanastra.

—Ajá —se decía Malvina—. *Ahora que me conseguí al viudo y su tierra, me va a ser mucho más fácil engañar a ese joven rico cuando por fin encuentre el camino a esta casa. Mandaré a Domitila a cuidar los cerdos y me desharé de ella. Después le serviré la comida que cocinó Domitila y le haré creer que la cocinó Pereza.*

Cuando llegó el Otoño, la vida de Domitila se hizo mucho más dura. —Haz más ladrillos —le ordenaba su madrastra—. Quiero una casa más grande. Busca más lana, Pereza necesita un rebozo nuevo. Desde ese entonces, Domitila supo lo que era trabajar sin la alegría y las palabras de apoyo de su madre.

Mientras Domitila servía a su cruel madrastra y a su perezosa hermanastra, Timoteo trataba de seguir las entreveradas instrucciones de Malvina. El joven viajó a través de las lluvias de otoño temblando debajo de su sarape mojado. Las maravillosas historias acerca de la talentosa muchacha que le fueron contando por el camino, le tenían más y más fascinado. El Timoteo orgulloso de alguna vez siguió adelante muerto de frío y de hambre. —*Quizás haya mucho más por conocer de esta muchacha además de lo que cocina* —se dijo. Pero ninguno de los viajeros pudo decirle exactamente en qué parte del extenso desierto de Hidalgo, vivía la muchacha. Timoteo seguía acariciando con sus dedos los dibujos labrados en la tirilla de cuero. *No pararé hasta encontrarla* —decidió Timoteo mientras animaba a su caballo a seguir.

Un día Timoteo escuchó música a la distancia. Con tanto viajar, había llegado a la Fiesta de Otoño de Hidalgo. Mientras se acercaba, se sorprendió al oler el aroma tan conocido que flotaba en el aire. ¿Estaría acercándose a lo que andaba buscando? Timoteo espoleó su caballo para que galopara. Este cambio de rumbo no era parte del plan de Malvina.

—¿Adónde puedo encontrar a la persona que cocina los deliciosos nopales que pude oler a tantas millas de distancia? —preguntó el joven a las mujeres de la Fiesta. La mujer notó que el apuesto Timoteo llevaba la tirilla de cuero con los diseños tan famosos de Domitila.

—Usted debe estar buscando a Domitila —le respondieron las mujeres a coro. Le contaron que Domitila cocinaba los nopales para todas las Fiestas de Otoño y que el viento del desierto esparcía el aroma por muchas millas a la redonda. —Ya los vendimos todos —dijeron—. Son tan deliciosos que la gente viene de muy lejos para conseguirlos.

—Por supuesto, la gente de aquí sabe por qué los nopales le salen tan deliciosos —dijo una mujer mayor por encima de las demás—. Todos saben del cuidado que pone a su trabajo y del amor tan especial que le da a todo lo que hace.

—Si está buscando a Domitila, m'hijo, no está aquí —dijo otra señora que cuidaba un puesto—. Se fue a visitar la tumba de su madre. Las huellas son fáciles de seguir. Simplemente siga el curso del arroyo y la encontrará.

El joven agradeció cortésmente a todo el mundo por su ayuda y se puso en camino una vez más. Mientras seguía las simples instrucciones de la mujer, reflexionó acerca de todo lo que le dijeron de Domitila. Ahora que se había dado cuenta que Malvina le había mandado por el camino equivocado, Timoteo se dirigió confiadamente en el camino opuesto.

A lo lejos, tal como le había dicho la anciana, Timoteo vio a una joven caminando.

—Buenos días Señorita —le dijo mientras azuzaba a su caballo para que se apurara.

Cuando Timoteo la alcanzó, se bajó del caballo y le preguntó: —Ando buscando una muchacha que se llama Domitila. Podría usted decirme dónde puedo encontrarla?

Timoteo bajó la vista y vio los huaraches que llevaba la muchacha. Tenían el mismo diseño de la tirilla que tenía en la mano. Mientras levantaba la cabeza para mirarla, una suave brisa le levantó el cabello dejando al descubierto su hermosas facciones. Se miraron a los ojos por primera vez. Justo cuando el Sol explotaba sobre los picos de la Sierra anunciando el nuevo día, la búsqueda de Timoteo llegó a su fin.

—Tú eres Domitila —exclamó.

—Señor, usted viene de tan lejos, debe tener mucha hambre —le dijo Domitila al ver lo que había enflaquecido el apuesto hijo del Gobernador en su largo viaje a través del duro clima del desierto. Desató su pañuelo y sacó una tortilla rellena con sus deliciosos nopales.

Domitila y Timoteo se sentaron a la sombra, al borde del arroyo. Timoteo le contó cómo la había estado buscando a través de todo Hidalgo y cómo se había encontrado con la viuda Malvina, quien le mandó por el camino que no era. Domitila se dio cuenta del perverso plan de Malvina y cómo habían caído en la trampa el hijo del Gobernador, su propio padre y hasta ella misma.

Juntos partieron la tortilla. Su fragancia se elevó y los envolvió. De pronto, mientras probaba la comida otra vez, Timoteo se dio cuenta del secreto de los nopales. —*Así que ésto es lo que la gente quiere decir cuando cuenta las historias de Domitila* —pensó Timoteo mientras su corazón se enternecía—. *Seguro que ésto es lo que trataron de decirme las mujeres de la Fiesta, y lo que la cocinera de mi hacienda trató de explicarme. Las hierbas del desierto se pueden convertir en un manjar cuando las cocina Domitila. Pero es su amor lo que llena mi corazón.*

Timoteo estaba maravillado por la muchacha. Entonces, tomó el exquisito mantón bordado de la abuela. Envolvió la seda brillante alrededor de los hombros de Domitila con mucha ternura.

Domitila y Timoteo fueron a visitar la tumba de su madre y siguieron haciéndolo cada año desde entonces. Y mientras las codiciadas sombras de la Sierra Madre refrescaban el calor del desierto, se encaminaron hacia la capital de Hidalgo. Fueron directamente a la Mansión del Gobernador. Pero esta vez Domitila no regresó como sirviente; regresó para convertirse en la preciosa esposa de Timoteo.

A su tiempo, Timoteo llegó a ser Gobernador de Hidalgo. Las bondades que le enseñó su esposa trajeron buena voluntad y prosperidad a los pobladores de las tierras. La perversa Malvina y la perezosa Pereza se escaparon de Hidalgo. Su padre se mudó a la Mansión para estar junto a su hija y su nueva familia.

En cuanto a Domitila, el mantón de seda de la abuela brillaba sobre sus hombros, mientras la familia se reunía para comer sus deliciosos nopales al calor del fuego, en el gran comedor de la Mansión del Gobernador. La abuela dormitaba muy contenta cerca de ellos.

Timoteo sonreía columpiando a sus pequeños sobre las rodillas mientras Domitila les decía una y otra vez lo que su madre solía decirle:

—Niños, hagan todas las tareas con cuidado y nunca, pero más nunca, se olviden de echarle una buena pizca de amor.

Nota del Editor

La historia de Domitila— la joven que ama su hogar y su familia— se origina hace muchas generaciones, con la familia Rivero, de Hidalgo, México. A pesar de que los nombres de las personas y los lugares se cambiaron, en la historia aparecen los valores, las conquistas, los conflictos y el júbilo típicos del folklore del lugar. Como con todas las historias, cuanto más se cuentan los hechos más se le va mezclando la fantasía para crear la magia.

El poder del tema de la *Cenicienta* es, en su universalidad, la realidad que es común a todos nosotros. Las cosas que queremos alcanzar y nuestros miedos. Sea cual fuera la cultura, o los individuos de una unidad familiar todos, en alguna ocasión, han pasado por las mismas experiencias. Todas las características de los viejos relatos están presentes. Domitila triunfa sobre la maldad de la madrastra y la hermanastra gracias a la influencia mágica de la inspiración familiar transmitida de generación en generación. Timoteo llega a comprender las apuros de Domitila y sus grandes virtudes.

Deseamos expresar nuestro agradecimiento a Minerva Rivero, de Santa Barbara, California quien accedió a compartir la historia de su familia con los lectores. Los proverbios mexicanos y españoles que se presentan en los recuadros sirven de bello marco para esta tradicional historia de amor.

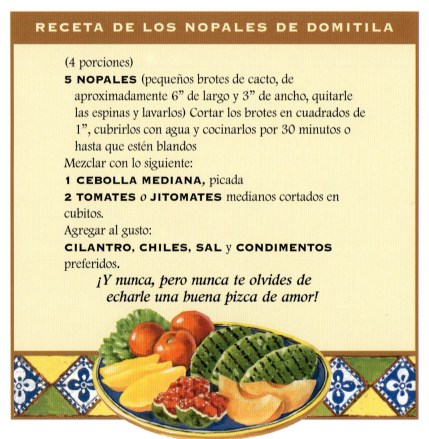

RECETA DE LOS NOPALES DE DOMITILA

(4 porciones)

5 NOPALES (pequeños brotes de cacto, de aproximadamente 6" de largo y 3" de ancho, quitarle las espinas y lavarlos) Cortar los brotes en cuadrados de 1", cubrirlos con agua y cocinarlos por 30 minutos o hasta que estén blandos

Mezclar con lo siguiente:

1 CEBOLLA MEDIANA, picada

2 TOMATES *o* **JITOMATES** medianos cortados en cubitos.

Agregar al gusto:

CILANTRO, CHILES, SAL y **CONDIMENTOS** preferidos.

¡Y nunca, pero nunca te olvides de echarle una buena pizca de amor!

The illustrations were painted in oil on canvas. Footlight was the font chosen for the body text, Papyrus for the cover text, and our proverbs were in Copperplate 33BC.

SHEN'S BOOKS
8625 Hubbard Road • Auburn, CA 95602-7815
800-456-6660 • http://www.shens.com

Aguascalientes
SAN LUIS POT
Lagos de Moreno
GUANAJUATO
Dolores Hidalgo
León
Guanajuato
QUERÉTARO
JALISCO
San Miguel de Allende
Querétaro
La Piedad
Salamanca
Tequisq
Zamora
Morelia
Uruapan
Pátzcuaro
Zitácuaro
Toluca
MICHOACÁN
MÉXICO
Cacahuamilpa
Taxco
Iguala
Lázaro Cárdenas
GUERRERO
OCÉANO PACÍFICO
(PACIFIC OCEAN)